那些不能忘記的事

PROMEMORIA

PROMEMORIA by Gianni Rodari Illustrated by Guido Scarabottolo

Original title Promemoria from Il secondo libro delle filastrocche

© 1980, Maria Ferretti Rodari and Paola Rodari, Italy

© 1991, Edizioni EL S.r.l., Trieste Italy

This edition arranged with Louisa Edizioni EL S.r.l.

through BIG APPLE AGENCY, INC., LABUAN, MALAYSIA.

Traditional Chinese edition copyright:

2023 CommonWealth Education Media and Publishing Co., Ltd.

All rights reserved.

國家圖書館出版品預行編目 (CIP) 資料

那些不能忘記的事:羅大里跨越時空的提醒 / 羅大里文;
桂多.斯卡拉博托洛圖;倪安宇翻譯. -- 第一版. -- 臺北市:
親子天下股份有限公司, 2023.12
40 面 ;18.3x26 公分. -- (繪本;348)
譯自:Promemoria
ISBN 978-626-305-629-9(精裝)

877.599   112017834

繪本 0348

那些不能忘記的事 —— 羅大里跨越時空的提醒

文 │ 羅大里   圖 │ 桂多 · 斯卡拉博托洛   翻譯 │ 倪安宇   導讀 │ 藍劍虹
責任編輯 │ 張佑旭   封面、美術設計 │ 黃育蘋   中文手寫字 │ 林小杯   行銷企劃 │ 張家綺
天下雜誌群創辦人 │ 殷允芃   董事長兼執行長 │ 何琦瑜
媒體產品事業群
總經理 │ 游玉雪   副總經理 │ 林彥傑   總編輯 │ 林欣靜   行銷總監 │ 林育菁
資深主編 │ 蔡忠琦   版權主任 │ 何晨瑋、黃微真
出版者 │ 親子天下股份有限公司   地址 │ 台北市 104 建國北路一段 96 號 4 樓
電話 │ 02 2509-2800   傳真 │ 02 2509-2462   網址 │ www.parenting.com.tw
讀者服務專線 │ 02 2662-0332   週一~週五 09:00~17:30
傳真 │ 02 2662-6048   客服信箱 │ parenting@cw.com.tw
法律顧問 │ 台英國際商務法律事務所 羅明通律師
製版印刷 │ 中原造像股份有限公司
總經銷 │ 大和圖書有限公司   電話 │ 02 8990-2588
出版日期 │ 2023 年 12 月第一版第一次印行
定價 │ 350 元   書號 │ BKKP0348P   ISBN │ 978-626-305-629-9 (精裝)
訂購服務 ─────────
親子天下 Shopping │ shopping.parenting.com.tw
海外 · 大量訂購 │ parenting@cw.com.tw
書香花園 │ 台北市建國北路二段 6 巷 11 號   電話 │ 02 2506-1635
劃撥帳號 │ 50331356   親子天下股份有限公司

義大利兒童文學大師

Gianni Rodari

── 羅大里 ──

跨越時空的提醒

那些不能忘記的事

文/羅大里
圖/桂多·斯卡拉博托洛
譯/倪安宇

有些事，每天都要做……

洗手沐浴

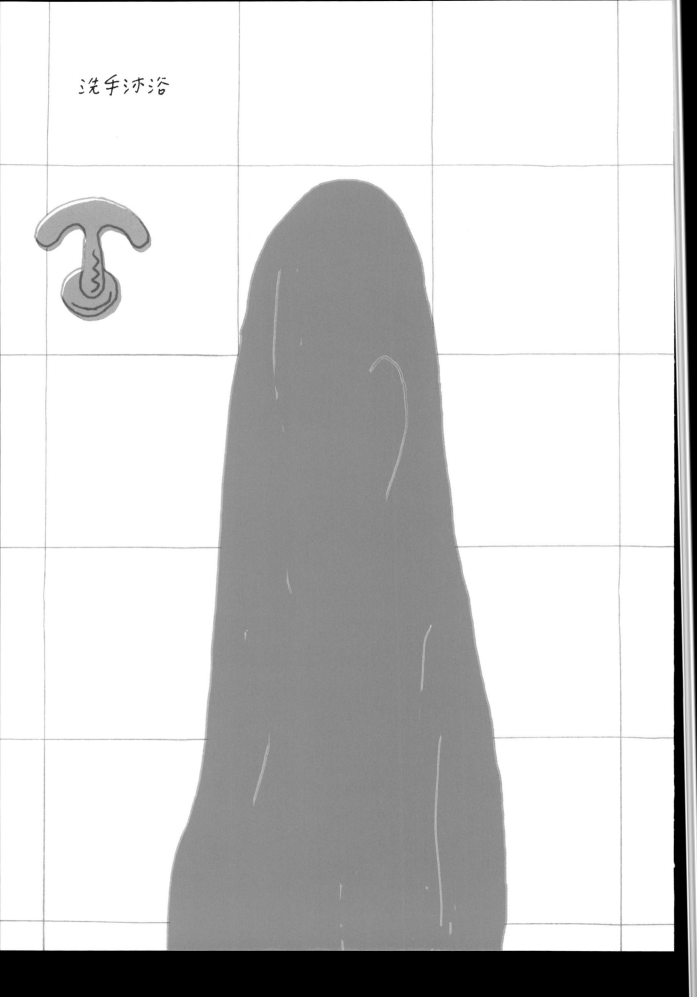

讀書學習

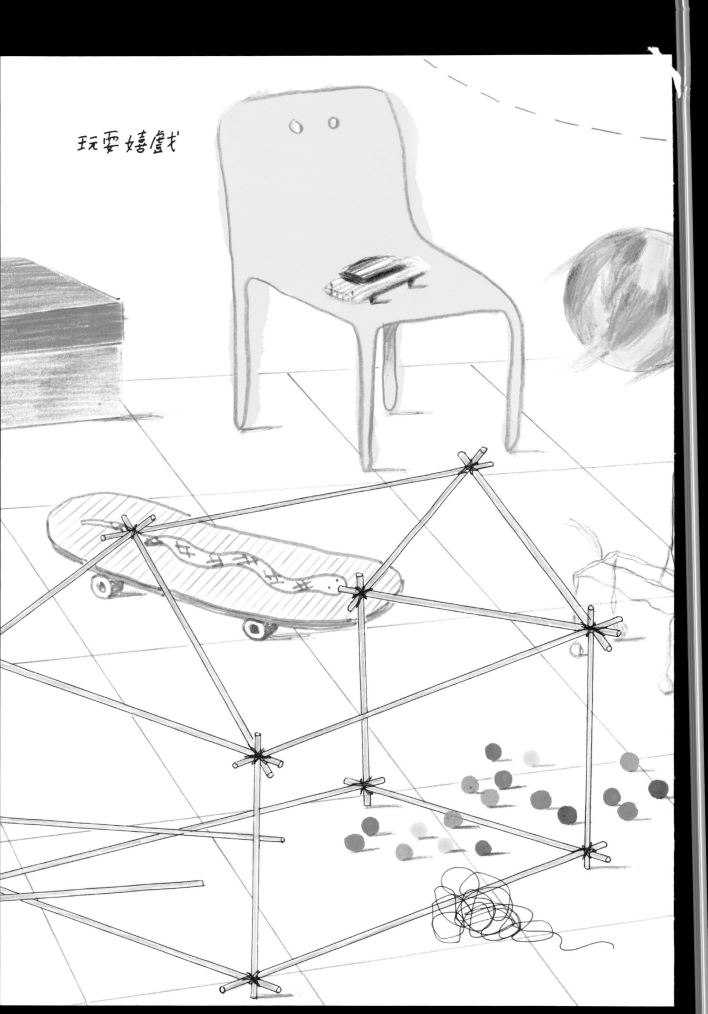

玩耍 嬉戲

午餐時間，
別忘了要擺放餐具。

有些事，每天晚上都要做……

閉上眼睛，好好休息

在夢境裡，想像飛起

關上耳朵，隔絕嘈雜的聲音。

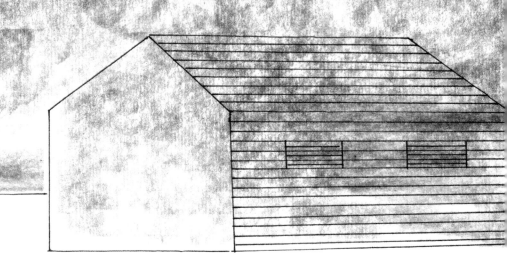

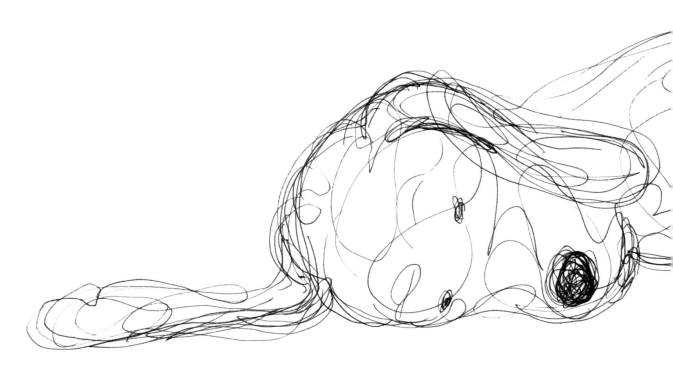

還有些事，絕對不能做……
不論是白天，或是晚上

不論在海裡

或是在陸地

例如：戰爭。

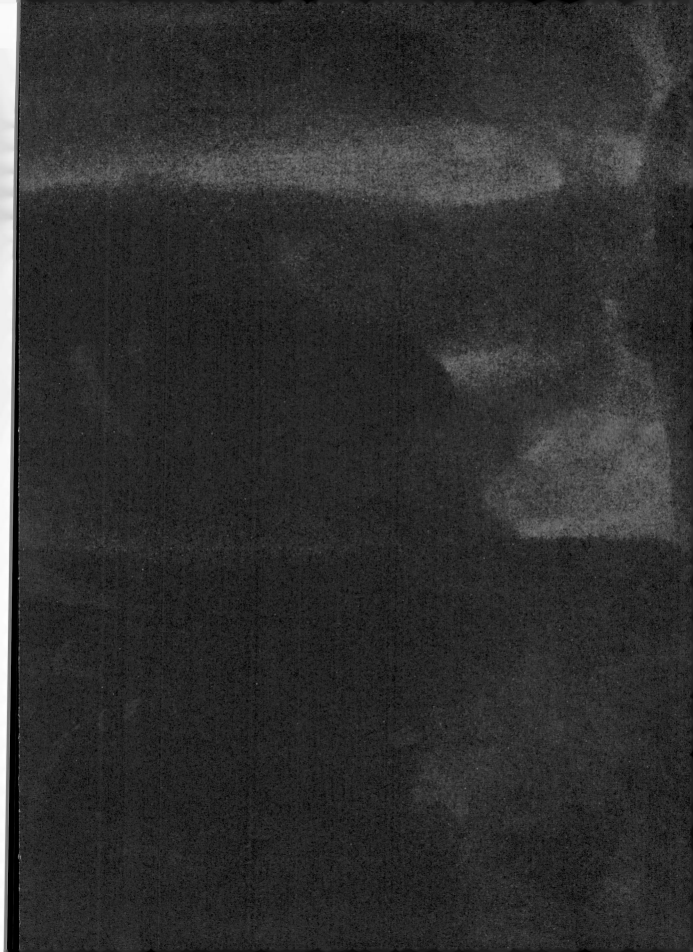

在日常視野以外，不能忘記的事

藍劍虹　臺東大學兒童文學研究所副教授

「有些事，絕對不能做……不論是白天，或是晚上；不論在海裡，或是在陸地。例如：戰爭。」這是義大利作家羅大里在《那些不能忘記的事》（原書名為《PROMEMORIA》，亦即《備忘錄》中最後一行詩句，也是此一備忘錄之核心。

在書寫此文之際，正是巴勒斯坦的哈瑪斯（「伊斯蘭抵抗運動」），向長年壓迫巴勒斯坦人民和封鎖加薩走廊十數年的以色列發射火箭和攻擊平民，隨後以色列向加薩走廊發動攻擊也同樣造成眾多平民傷亡。一場軍事衝突和人道危機正在我們眼前無情的爆發……。此際反覆讀著：「有些事，絕對不能做……不論是白天，或是晚上；不論在海裡，或是在陸地。例如：戰爭。」頓感此詩文之沉重。沉重，但是再次見證這分簡單平凡又深刻的備忘錄的重要性。

去年2022年2月24日，俄羅斯入侵烏克蘭後幾天內，羅大里的詩文《基輔的月亮》遍傳網路，義大利童書出版社Edizioni EL也以出版史上少見速度，由插畫家碧翠絲·阿雷馬娜在數天內繪製成繪本，於同年4月12日出版，再將收益捐給義大利紅十字會以資助烏克蘭。烏克蘭戰爭還持續擴張、瀰散著不祥陰影……。無疑的，正鑑於此，該出版社又於同年12月，請義大利著名設計師、插畫家桂多·斯卡拉博托洛繪製羅大里這首詩，以銘記這絕對不能做之事。

此詩，就如同羅大里其他的童詩，都以簡單、明快，但是犀利又深刻的筆法寫就。詩句從日常生活的平凡且規律之事物寫起：洗手、沐浴、讀書、學習、玩耍、嬉戲。還有吃飯，但是別忘了，吃飯之前，得布置好餐桌；夜裡，得好好休息，安靜睡眠中則有想像夢境相伴。詩人以備忘錄形式逐一勾點每日必須實踐之事，隨後轉向絕對不能去做的事，比如：戰爭。此事得在此日常生活備忘錄中記上一筆，而且是最重要的一筆。

畫面處理上，畫家以平靜素樸手法描繪的同時，顯露輕鬆筆調與活潑色彩，也有模仿小孩塗鴉圖像和部分重疊的可穿透的景物，如遊戲與夢境中的處理，

尤其後者：畫中還有長著手和正在走路的藍色的樹。這些處理拉近了與兒少讀者間的距離，在日常中帶來小小幽默靈動。全書跨頁滿版處理，看似平鋪直述的靜態畫面中，亦點綴時間動感：開頭升起的旭日和入夜時分以彎月和球體之隱沒，暗示著時光遷移。各場景，如浴室的嘩嘩水流、戲耍時留下移動短促殘影的彩球，和自畫外飛入的紙飛機，還有井然有序餐桌上方，倏然奔跳的貓。入夜畫面則是靜謐多層次的夜色，隨後浮現孩童安然入睡的面容，和繽紛的彩色夢境。

略為詭異的畫面是夜裡安靜場景：橫臥前景入眠的長耳狗和豎著長耳的兔子，兩隻動物的耳朵的呈現呼應著詩文中「關上耳朵，隔絕吵雜的聲音」。
然而──至少於戰火瀰漫的當下看來──場景後方孤立隔絕的屋子和更遙遠的不知名城市，依照詩文應是沉靜的灰色夜空，卻透著某種隱然之不安。那兔子真的悄然入睡嗎？其身姿似乎警醒著，而豎起的長耳，更似乎是在聽著什麼？最末四個跨頁：前三個跨頁，大全景呈現天空、海洋到陸地的歡快景致，特意維持明亮白底背景，為隨後「戰爭」一詞出現時，對比出整個被虛無黑暗所吞噬的黯然！驟然截斷此前安逸輕快之日常，引人墜入無盡之神傷……。

羅大里此詩，並非單純要銘記戰爭，而是將之置於日常生活，羅列於日常生活備忘諸事項之中。日常生活的備忘錄，不是只有洗手、沐浴、讀書、嬉戲、吃飯和睡覺，更重要的還在於，那通常被置於日常視野之外的戰爭。正如《基輔的月亮》所描繪：月光不只照耀著你我，也照耀著遠方的基輔。或是如其他詩作的提醒，世上還存在著：沒有錢去度假的人、知道自己老了也會被當成垃圾掃走的清潔工、無法幫女兒買上一雙鞋的漁夫、還有「睡在破布中受凍的兒童」。這些種種，包含戰爭，都應該進入我們日常生活的視野之中，這些都是「我們不能忘記之事。」這是此一備忘錄，尤其在此際，需要存在的重要理由。

羅大里 Gianni Rodari

1920年出生於義大利北部歐梅尼亞鎮（Omegna），取得師範學院文憑後，曾在小學任教數年。二次大戰後改行當記者，與多家雜誌社合作。自50年代起開始從事童書寫作，立刻得到廣大迴響。他的作品有童詩、語言遊戲、童話和小說，主題包括自由、權利、尊嚴和公民意識等，具有深度，但並不沉重。他的作品被翻譯成多國語言，1970年獲頒安徒生文學獎，該獎項被視為兒童文學界的諾貝爾文學獎。70、80年代，羅大里積極參與不同研討會，與學校老師、圖書館員、家長和學生面對面交流，催生了《想像力的文法》的出版，也讓該書成為研究閱讀教育和兒童文學的重要參考。羅大里1980年於羅馬過世，享年59歲。2020年是羅大里百年冥誕紀念。他的作品啟發了諸多知名兒童繪本插畫家。

桂多・斯卡拉博托洛 Guido Scarabottolo

1947年出生於米蘭北方塞斯托聖喬凡尼鎮（Sesto San Giovanni），大學就讀建築系，畢業後從事插畫和平面設計，與多家出版社合作。除了專書出版外，斯卡拉博托洛也在義大利國內外多次舉辦個展。2000年起，他與米蘭阿飛克畫廊（galleria l'Affinche）合作出版月曆，2019年，他將20年來所有月曆插圖編輯成冊，出版《XXS》。最新作品Scarabook是從他99個作品中挑選其中2個製作而成的小開本書，每本都不同，且僅此一本。